나의 끝 거창

신용목

나의 끝 거창

신용목

PIN

018

차례

1부 우리는 슬픈 줄도 모르고

2부 허락 없이 놀러 와서

PIN
018

나의 끝 거창

신용목
시

1부

우리는 슬픈 줄도 모르고

나의 끝 거창

무지개가 사라지는 것을 끝까지 지켜보았다. 사라져서, 보이지 않는 것을 결국

보고야 마는 사람이 되고 나면

보이는 것도 이제 보지 않을 수 있게 되는 걸까? 그러면 걸어야 한다.

강변 주차장을 지나면

상주식당,

소짜에 만이천 원 하는 감자탕 시켜놓고 푹푹 숟가락 번갈아 담글 만한,

누구 없나? 주머니에서 휴대폰을 꺼내 연락처를 뒤지지만,

해 있는 곳 반대편에서 무지개가 사라지면

꼭 바람이 차지더라.

그새 물은 불었는데, 거기 족대를 대던 종족은 오래전 이곳을 버리고

말기 암 환자의 식도로 흘러드는

물처럼, 대로변 빌딩 반사된 햇빛이 겨우 찔끔거

리는 뒷골목 떠돈다는

소문.

아직도 그런 이야기를 해? 이건 내가 했던 말이고,

여전히 그렇게 살아가니까. 이 말은 내가 들은

말. 역사의 비유는 늘 강물이더니

생활은 강변 주차장에 다 맡기고, 강물은 금영노

래방 탬버린에서 떨어져 나온 징글들처럼

반짝일 뿐.

그새 물은 불었는데

왜 물은 자란다고 하지 않을까? 수도꼭지를 틀면

막 태어나는

물.

캄캄한 하수구 속으로 머리를 들이밀며 자라고

자라고 또 자라서 이제 진짜 끝이다 싶어도

　양평리 하수종말처리장에서 다시 태어나는

　물. 바다로 안개로 구름으로 자라도 다 자라지
못하고 또 비가 되어서, 영원히 살아 있는

　물. 죽을 수 없어서 삶이 죽음인 물을 보면서

　형.

　내 비석은 백설기로 만들어주세요. 참새가 뜯어
먹거나 들쥐들 한 열흘쯤

　걱정 없이 장마나 지나가게.

　그러면 오겠지, 짹짹거리며 떨어지는 비문과 쯔
쯔가무시 같은 이름으로 떠도는 가을.

　노모 홀로 사는 김천동 가는 길

　경재 형 하던 전통찻집 다살림은 미용실이 되었
다. 제대하고

　여섯 달쯤

그곳에서 먹고 자며 새벽엔 한겨레신문을 돌렸는데, 경재 형은 신부전증 꼬박꼬박 투석하는 사람이 되었고,

노모의 직업은 걱정, 비도 그쳤는데

전화가 온다.

엄마, 무지개 봤어요? 금방 갈게요. 아니, 이제 없어요, 내다보지 마세요.

주공아파트 꼭대기 층에서 내다보면, 자라고 자라서 이제는 너무 커버린 아들의 정수리가 다 저녁 어둠으로 비 고인 바닥에 흥건할 테지.

일일연속극 볼륨은 점점 커지고

깜빡 조는 사이

주인공은 상대를 만나고 고난을 겪고 모든 것을 이기려고 사랑을 쫓아가서는

하얀 봉투를 받아 들고 돌아온다.

운다.

끝. 하지만 나는 안다. 그래도 아이는 자라서 눈이 멀 것처럼 환한 형광등 아래

새 떼들이 쪼아 먹은 낮말과 쥐 떼들이 갉아 먹는 밤말로

아름답고 서러운 이야기를 시작하리라는

것.

나는 알아서

정말 돌아오고 싶지 않았습니다. 비 오자 생긴 작은 물길 위로 또 비가 뛰어들고 있었습니다. 크고 투명한 뱀의 몸을 찢으며

작고 투명한 뱀이 꽂히고 있었습니다. 내가 내 몸을 찌르기 위해 나를 낳고 있었습니다. 내가 내 몸을 찌를 때마다 내가 태어나고 있었습니다. 말하면

이 새끼, 쉬운 말 참 어렵게 한다! 툭 치는

학도 형도 없다.

모리재

이제 우리의 생활은 체념 그러나 그 체념의 끝에
서 우리가 해야 할 이야기는 박동학.

전사도 투사도 필요 없어서 우리가 써야 할 사람
은 박동학.

드디어 비겁해져서,

나의 재능은 망각 그러나 그 망각의 끝에서 내가
지워야 할 이름은

박동학.

그러면 다시 오르는

모리재.

우리가 정말 그곳을 떠나기나 한 건가. 모리재를
생각하면,

골짜기마다 꽂힌 바람의 필독서 능선으로 넘기
다가 누렇게 침 묻히고 꾸벅꾸벅

조는 자는 상현의 저 달인데, 그조차 감기면 길

은 더 어두워

버스에서 내려 산길 십 리.

밤길을

우리는 아직도 오르는 중이다. 멀리 서울이나 창
원, 대구 어디쯤 흩어져 살아도

우리가 정말 모리재를 떠날 수나 있는 건가.

무엇이 있을까? 거창군 북상면 농산리

모리재에는

인간이 인간이기 이전에 그만 떨어지고 만 달 하
나가 여태 버려진 눈을 끔뻑이고 있거나, 꽁꽁

피처럼 핏줄 속에

핏줄처럼 몸속에 감겨 있는 사랑이 모든 것을 잃
어버릴 준비를 다 마친 채

이무기처럼 긴 한 줄 문장이 되려고 잠들어 있는
지도

모르지. 페이지마다 모서리로 화살표를 만들어
마음 안쪽을 가리키게 접었던 밤.

말하자면 우리들의 책

모리재에서

우리는 서로를 대독했다. 꿈이 전부인 시간을 촛
불의 흔들리는 빛 속에 담그고 떠들고

웃고

울다가, 어느새 서로의 꿈속에 갇혀 세상의 모든
대본이 무용해질 때, 말하자면

꿈이라는 자정의 극장에서

막 아역을 벗어난 우리가 뚜벅뚜벅 무대 복판으
로 걸어가 시작종을 울릴 때,

현성도 박동학, 강식도 박동학, 수란도 남정도
유신도 박동학.

훈범, 영훈, 승진, 하룡, 임숙, 선희, 숙정, 정미도 박동학.

　그러면 그만,

　그만하라고! 누가 벌떡 일어나 윗도리를 뒤로 젖히며 고함이라도 쳐주면 얼마나 좋을까.

　글로벌시대에 동계 정온 은신처가 무슨 상관이냐며, 이제는

　버젓이 답사 코스가 되어 관광객이나 찾는 모리재가 도통 기억에도 없다며,

　손으로 일일이 짚으며

　언제 적 모리재의 깊은 부엌과 언제 적 모리재의 삐걱대던 난간과 숭숭 바람에 떨던 격자무늬,

　곧장 밭으로 떨어지던 언제 적 모리재의 요상한 뒷간도

　다 잊었다며,

　죽음으로 소환되는 사람과

죽음으로 떠오르는 기억과

　　죽음으로 마주 앉은 자리를 뒤덮어주면 얼마나
좋을까. 그러나 편육에 새우젓을 찍으며

　　오래 버려졌던 모리재,

　　흙으로 벽을 메우고 마루를 닦고 맨손으로 엎드
려 풀을 뽑던 시절로 돌아가

　　모두들 조용히 각자의 산을 오른다. 말하자면

　　우리들의 꿈 모리재에서

　　우리는 인생이 적힌 책을 두터운 밤으로 찢으며
진로에 대하여, 노동과 혁명에 대하여

　　떠들었다. 단 한 줄로 씌어지는 인생을 갖고 싶
다고. 거기에는 사랑이라는 단어가

　　꼭 들어갔으면 좋겠다고. 공설 운동장 가까운 형
의 자취방 막걸리 마시며 배웠던 동지가를 함께 부
르다

이런 고백,

형. 그런데 나는 엄마 때문에, 엄마 때문에, 하다가 울먹거리는. 말하자면

결국 사랑은 문장마다 튀어나온 돌부리 같아서 매번 넘어지기 위하여, 알지도 못하는

도착지 따위에 영영 도착하지 않기 위하여,

픽, 픽, 제 발로 쓰러져 쳐다보면, 언제가 퐁당 던져버린 반지의 금빛 테를 가진

달

같은 것. 그저 형, 형 부르다

날 밝으면,

태양이 오렌지색 공을 치고 있는 모리재. 팡팡 터지면서 그런데도 아무도 모르게

추위처럼 쉴 새 없이 공은 날아와

멍든 산에, 쑥쑥 멍처럼 자라 어느 날 푸른 숲의

서러움이 꼿꼿한 서릿발 나무둥치로 일어서는

　모리재.

　이제 우리의 인생은 멀리 그러나 거기서

　우리는.

기념일

나는 돌아올 수 있는 곳까지만 갈 것이다
11시 58분,
몽돌해변에 도착했다 돌이 돌을 때리고 있었다
죽은 돌 속에서 산 돌을 꺼내고 있었다

나는 잊을 수 있을 만큼만 기억할 것이다
11시 59분,

나는 하나의 돌을 향해 걷기 시작했다 나와 하나
의 돌 사이에 또 다른 돌이 있었다 하나의 돌에 가
기 위해 또 다른 돌을 향해 걸었다 돌 너머의 돌과
돌 사이의 돌이라면…… 그것은 파도, 하나의 돌이
깨어나면 모든 돌이 하나의 돌이 되어 도착했다
그것은

파도, 매번 태어나고 있는 중이라서 죽음은 한 번도 생일을 겪은 적 없다
파도처럼

생일과 기일이 같은 사람을 알고 있다
게다가 어버이날

친구로서, 축하와 애도가 하나인 사람
동지로서, 영광과 슬픔이 하나인 사람
게다가 아들로서

부모님 얼굴을 볼 수 없었다, 한 달 넘게 열사의 장례를 치르며 우리는 기회주의자가 되거나 오랜 맹세를 철없는 객기로 돌려세울 시간을 조금씩 늦춰야 했다

다는 아니다 현성이 형

전화해서 니 거서 뭐하노? 시 쓴다 카지 말고 빨리 와서 노동운동 해야 안 되겠나!

말했었다 창원 간 날

야근 마치고 아침 7시, 자동차 부품 공장 앞 육교에서 나를 태우고는

검은 차들이 알루미늄 휠을 반짝이며 달리는 걸 보면 눈물이 난다고,

이듬해 전화했을 땐 새로 들어간 공장에서 손가락이 두 개 잘렸다며

접합 수술 잘한다는 센텀병원에 있었다

후배 창근이는, 이라크 전쟁 반대 인간 방패를 짜더니 나중엔 양심적병역거부로 수감되었다

당고개로 예비군훈련 갔다 오며 나와 승진 하룡은 술을 마셨다 간간히 한숨을 쉬었고 제법 술이 올

라서는 이 자식 살살 좀 하지, 돌아가며 욕을 했다

　오래전

　싸늘한 자취방에 둘러앉아 대학 진학과 사회 진출을 고민하던 강식 형은

　어느 해변에 닿아 있을까

　어제는 오늘만큼만 지나갔고 오늘은 내일만큼만 찾아왔다

　12시 01분.

　나는 하루를 향해 걷기 시작했다 하루 앞에는 또 다른 하루가 있어서 하루와 하루 사이에…… 현주야, 잘 사나?

　그냥 전화했다 창순이는 지홍이 왔을 때 신훈이랑 같이 보고 정복이는 영태랑 시청광장에서 함 봤

다, 말하면

　형, 태문이는 기억납니까? 물어오는

　수많은 돌들이 해안이 되어

　말갛게 해수를 씻어주는 날,

　그것은

　파도, 하나의 마음이 깨어나면 모든 마음이 하나
의 마음이 되어 도착했다

　생일의 공포는 그런 것이다 한번 시작되면 영원
히 되돌아온다는 것,

　나는 죽을 수 있을 만큼만 살 것이다

우리는 슬픈 줄도 모르고

갈 수 없는 곳은 알 수 없는 곳, 그래서 우리는 날마다 그곳에 도착한다.

두리번거리며, 여기가 어디야? 어떤 타로 카드에도 그려져 있지 않은 아침,

누굴까? 내 잠에서 깨어나는

사람 ;

밤이

우리에게 들켜버린 어둠의 깊은 속. 소읍 비탈길 자전거로 내려올 때,

체한 것처럼

띄엄띄엄 켜진 가로등을 식히려고, 검은 목구멍을 열고 쿨럭쿨럭 마시던

달빛.

밤의 바깥은 얼마나 환하던지.

하얀 잿더미 속에서 걸어 나오는 가로수의 그을린
뼈 부수며 죽은 새들의 봄이 꽃잎으로 날아오르면

별들의 주파수를 잡은 것처럼 갸웃거리던 훈범과
밤의 보조개로 피식 웃던 영훈과
어둠의 바다가 해변으로 밀어내는 포말의 작은
눈을 반짝이던 승진,
우리는 슬픈 줄도 모르고

하늘의 뻥 뚫린 구멍을 바라보며
달 참 밝다, 말했다.

밤은

얼마나 환한 곳을 가고 있던지. 4월이면 4월의,
5월이면 5월의 유인물을 만들어 친구들 책상 위에
올려놓고
　내려오면,

　아침 자율학습 시작도 전에 모조리 소각장에서
타고 있던 우리들의
　밤:

으로부터 끝없이 배설되며,
　우리는 매 순간 돌아오지 말아야 할 곳에서 돌아와
밥을 먹는다.

　우리는 가장 먼 곳까지 와서 왔던 길을
　잃는 사람.

무심코 뒤집어본 타로 카드. 누구의 이야기일까?
나에게 일어난 일들은.

그림 위로

툭,

김치 국물이 떨어졌을 때, 영원일 것이다. 그 한
방울, 집어 들던 김치와 타로 카드 사이 허공에

붉은 달처럼 떠 있던 순간은.

시

대나무 숲처럼 빽빽한 사람들을 헤치고 단상 앞에
이르렀을 때 보았다 목소리도 낫처럼 가는지, 갈리
는지 광주 YMCA회관 적막을 풀처럼 베며 「학살 2」
를 낭독하던 김남주 시인 낫자루처럼, 목소리 끝에
꽂힌 얼굴을 가진 사람

날이 선 모든 것들이 반짝이다가 반짝이는 모든
것들이 날을 가졌다가,
목소리의 길이를 잴 수 있다면 마음은 무사할까,
목소리를 담기 위해 몸은 긴 주머니 내장을 가졌
는데 목소리의 걸음이 대나무 같다면 서울은 무사
할까 대나무처럼 출렁이며, 파도에도 뿌리가 있어
서 날마다 베어진 바다가 안개가 되고 베어진 바다
가 구름이 되는데 바람에도 뿌리가 있어서 오늘도
여기까지 자라나 그 투명한 손으로 예배당 종을 칠

때, 유리창을 깨면 유리창에 갇힌 빛이 풀려나는 것
처럼 접시를 깨면 접시에 담긴 음식들 다시 들판으
로 돌아가

　　상추와 돼지와 풋고추

　　돌아가려고, 대열에서 빠져 금남로 뒷골목 들어
설 때였다 하얀 하이바, 체포조 세 명이 우리를 따
라붙었다 약속대로 흩어져 뛰었고 그중 한 명이 나
를 쫓았다 나는 모퉁이를 돌아 외진 건물 안으로 숨
어들었다 다방이었을까, 1층이 잠겨 2층으로 올라
갔다 2층이 잠겨 옥탑으로 올라갔다 옥상 문도 열
리지 않았다, 옥탑 어둠 속에 주저앉고 말았을 때
　　처음 들었다
　　내 심장 소리,

열일곱 내 심장이 쿵쿵 내 몸을 울리고 옥탑의
어둠을 울리고 불 꺼진 2층 건물 전체를 울리고 있
었다

렛미인

　오늘 아침 학교에서 유령을 보았다 보이지 않는
사람을 보았다 보이지 않는
　사람을 보는 사람은 누구일까, 나는
　그를 쫓아갔다 저기요, 부를 이름이 없었다 앞질
러 가 두 팔로
　가로막으며 저기요, 그때
　그는 나를 통과해버렸는데 딱 나만큼을 지나가
버렸는데, 누군가 지나가는 통로로 서 있는 나는 누
구일까 그는
　누구일까
　지문을 따야 해, 영화처럼
　손을 잡으면 얼음처럼 녹아 사라지는
　손,
　얼음으로 칼을 만들고 그 칼로 누군가를 찌르면
녹아 사라진 지문 때문에 학교 안에

범인은 유령이라는 소문이

봄을 지나가고,

이제 물이 된 증거를 쫓아가면 거대한 손, 바다의
지문처럼 태풍이 오는 여름이 지나가고 가을이면

한쪽 끈이 끊어진 채 빙빙 도는 운동장 그네처럼

또 사랑이 끝나서

야, 야, 야, 탬버린 소리 같은 저 잎 좀 봐, 자막처
럼 바닥에 쓸려가는 낙엽을 보라고!

죽음 따위 다 잊고서 노래방을 찾는 사람들

속에서

오늘 아침 학교에서 유령 이야기, 들리지 않는
사람의 목소리 들리지 않는

노래에 맞춰 박수를 치며 네가

살아 있다 믿고 말았는데, 그러나 네가 박자에
맞춰 오고 있다는 건 또 믿기지 않아서

툭, 사라지고 말

화면 속에서 흘러나오는 금영노래방 전주는 건너뛴다 글자는 유령이니까

가사처럼

이름은 유령이니까,

너처럼

불 꺼진 노래방에서

내가 정말 살아 있는 사람 같아? 물으면

그럼 나는 살아가는 사람 같아? 되묻는

내가 그 이름을 떠올리는 순간의 유령들이 딱 나만큼의 내 몸속을 지나간다 부딪치지

않는다, 내 몸 어딘가

그대로인 상주식당 감자탕에 숟가락을 담그고 용추폭포 아래서 노래를 부르고 땅끝마을 민박집에서 시를 약속한다 상아탑독서실 옥상 위에 걸쳐 있

던 달과 눈 오던 날의 창문, 거창대성고등학교 운동
장에 누우면 온몸으로 쏟아지던

교실 불빛들,

야간자습 마치고

교원노조 사무실 몰래 들어가 보았던 파업전야
필름처럼 뚝뚝 끊기면서

지나간다,

가로막으며

저기요, 내가 보이세요? 나는 유령입니다 나는
한쪽에 플라타너스 낙엽을 쓸어 모은 골목길입니다
불 나간 상점입니다 편의점에서 여명팔공팔을 집어
드는 당신의 아침입니다. 나는

또 누군가의 몸속을 지나가고 있는 것 같은데

잠시,

사람인 내가 몸 밖으로 뛰쳐나가면

바깥은

모든 차들이 한꺼번에 사라진 고속도로가 내 앞
에서 영영 끝나지 않을 것 같은 밤

학생

그의 셔츠는 중간쯤부터 단추가 잘못 꿰어져 있
었다. 끝단 높이가 맞지 않는다고 말해줘야 하나,
　생각하는 사이 그는
　"나한테 밤하늘은 천 미리 강판처럼 보여.
　그게 내 삶이야."
　말했다.
　태풍이 지나간 날이었다.
　망원에서 망원역으로 풍산역에서 풍산으로 걷는
동안 희미하게 밝아오는
　별들 때문에, 곧장
　집으로 갈 수 없었다. 사람들이 멈추면 멈추고
사람들이
　움직이면
　움직였다. 어둠은 가로등을 통증으로 기억할 것
이다, 내 속에서 어떤 말이

환한 것처럼. 태풍이 지나가자 어둠도 맑게 보였
다. 십자가들은 불을 켜고

　　하늘의 깊이를 쟀다. 식당 간판들이 배고픔을 종
류별로 갈라놓듯

　　기도의 구역이 달랐다.

　　크게 난 창으로 더는 먹고 싶지 않기 위해 먹고
있는 사람들이

　　보였다. 살아가는 것을 보라고

　　환했다.

　　더는 그의 말을 생각하지 않기 위해

　　그의 말을 생각했다. 짬뽕을 먹을수록 짬뽕 그릇
에 사로잡히는

　　사람처럼

　　그의 말을 생각하다 그의 집을 생각하다 그의 사
랑과

그의 밤을 생각했다.

그의 잠을 생각했다.

이제는 높은 곳에서 떨어지거나 날아다니는 꿈 따위는 꾸지 않는 그의 꿈을 생각했다.

그리고

별, 천 미리 강판에 박힌

못.

스스로를 참을 수 없어 문을 걸어 잠그던 하룡이의 밤들도 지나가고

이제 우리는 누구의 이름을 부르며 쾅쾅 어둠을 두드릴까

아무 일 없이 남정 누나, 잘 지내세요? 네 언제 함 봐요.

전화 한 통,

그것도 못 하고 저무는 귀갓길

오늘은,

강판을 긁으며 박히는 별 때문에 횡단보도 앞에
서 두 귀를 막고 서 있는

사람을 보았다.

나는 두 손을 내려 셔츠 끝단을 당겼다.

여기로 와

여기로 와.

딱 한 걸음만 땅 위에 발을 디뎌보고 싶은 파도
가 밤새 파도 소리로 머무는 곳,

어쩌면 쪼그려 앉아 바닷물에 손 담그는 아이

처럼, 해가

처음 배운 말로 우리를 부르는 곳. 해남에서부
터, 나

하루에 한 번씩 바다를 생각한다. 한 인생에서
비로소 땅끝이 시작되었으므로

여기로 와. 문을 열고

불을 켜고 어떤 죽음은 환하게 살아간다. 오래전
핏속에 처박힌 자전거

바퀴에 바람을 감아

촛불을 향해 밟으면, 연하게 타는 어둠의 살 속
에서

하루의 첫 세수를 시작하는 얼굴로. 네가

여기 없다는 것,

그것 말고 다른 어떤 이유도 없이

여기로 와. 사랑을 잃고

용추계곡 머물 때 밤새 폭포 소리가 부의함 속으로 떨어지는 흰 봉투처럼 환해서

나의 실연이 끝나버린 곳.

왜 그날의 어둠은 꼭 모든 것을 그 시간 속에 보관하기 위해 내렸던 것처럼

느껴질까? 심소정에서

첫 시집 책거리로 수육을 썰던 효우 형 상우 형, 웃으면 눈물이 난다던 임숙의 저녁은 없지만

수정 누나 경남 누나 귀숙 누나,

왜 그날의 이야기들은 미리 뜯어버린 선물 상자 같아서 모든 밤을 포장지처럼 구겨놓을까?

죽림정사에서

정상 형 운동화와 원준의 뿔테 안경, 겨울 끝 눈
발 같던 해정과 덕희는 없지만

여기로 와.

그러나 여기는 사라진 우체통을 찾아 우편 가방
으로 떠다니는

바다. 우리가 잠든 때에만

해와 달의 바퀴를 굴리며

바다는 바다를 건너가 하늘의 봉투를 연다. 아이
가 처음 쓴 편지가 삐뚤삐뚤한 파도에

자꾸 젖는 곳. 한 인생에서 비로소 바다가 끝났
으므로

여기로 와.

나 등단도 하기 전 가장 먼저 결혼 축시를 청탁
하고는

20년 뒤

내가 읽은 마지막 축시의 주인공이 된 사람 그리고 1년 뒤 내가 읽은 첫 번째 조시의 주인공이 된 사람.

붕규 형은 없지만

네가 여기 없다는

것.

그것 말고 어떤 이유도 없이

여기로 와.

고백은 켜지고

물들지 않으니, 추억이 없겠다 그러나 사철나무
에게는 아직 하지 못한 말들이 더 많아
푸른 혀,
입안에서만 씹고 다닌 그것

잎맥의 필라멘트가 터지며
환해지는 그것

그러나 나는 일기를 쓰지 않지, 가로등이면 또
몰라라 씹지 않아도 쏟아지는
붉은 빛,
터지지 않아도 물드는 그것

멀리까지 물들이며 간다,

닫힌 것은 푸르고 벌어진 건 붉다고
상처에 대해서

오토바이가 지나가고 전단지가 뒤집힐 때, 입을
잃은 혀가 검은 바닥을 핥을 때
이빨들은 모두 보도블록 부딪칠 때마다
구둣발 소리를 내며

불이 켜진다

그러면 한중이 형, 그날의 나는 모두 끝났습니다
고백이 켜지고
끝난 것들이 켜지고 영섭 병수 철식 형, 우리가
서로에게 던졌던 눈송이들은 왜 아직도 하얄까요
창우야

태섭아 그날처럼 넘어져서
  웃을까, 멋쟁이 재명에게도 뜨거운 현석에게도
지금은 멀리 있는 상훈과 수진 경 신주 종인 상태
양호 현정 현주 정숙 기승에게도

  불이 켜질 때마다 끝나는 것이 있어서

  이 추억은 내 것이 아니야, 그러나 누가 믿어줄
까 환한 필체가 한 장씩 도시를 넘기는데
  말하지 않은 것을 받아 적었으니
  아무도 읽을 수 없지

  입속에서 터지는 그것
  몸 전체가 켜지는 그것

어둠 속에서 오토바이가 가방을 낚아챈다, 그때
마다 가방은 벌어지지 닫힌 입을 찢으며
　　일기장이 떨어지고
　　가로등이 붉은 피를 토하고

　　사철나무에 불이 들어온다

경부고속도로

경부고속도로는 사랑하는 사람을 죽이고 달리기에 좋은 곳이다 우리는 모두 불속을 지나온 사람들

달리다 보면 어두워지는 경부고속도로
하행의 밤

돌아올 땐,
계속 밤
경부고속도로, 경부고속도로 자꾸 중얼거리게 된다 제 몸의 불을 빨갛게 안으로 켜둔
사람들
밤은 점점 깊어져, 삐걱거리는 기억의 계단을 고치는 마음의 불침번만 더 길어질 뿐

빠앙, 경적 소리에 일제히 차창 밖을 내다본다 화

장터 검은 창 너머로 사라지는 흰빛을 바라보듯

　문득 경적 소리가 울려서 삶의 바깥을 내다보는 일,

　붕규 형을 보내며 나는 왜 동학 형을 떠올렸을까
이런 생각을 했다,
　나는 두 명의 형을 가졌다 죽어서 불에 타는 형
과 살아서 불에 탔던 형
　경적 소리가 지나가는
　밤,

　세상 모든 사람들이 한꺼번에 나를 잊은 것 같은
　밤,

　우리는 모두 제 몸의 불을 빨갛게 핏줄로 감고

있는 사람들 밤이 녹아 검게 달라붙은 아스팔트 위
에서

경부고속도로, 경부고속도로
중얼거리는

밤 다음에 다시 밤이 올 것 같은 밤

2부

허락 없이 놀러 와서

검고 푸른

날마다 내 안에서 뛰쳐나가
아득히 사라지는 아이를 보며 나는 영원이라는
말을 상실 속에 가두어버렸다

시를 쓰다 보면 벌레를 닮은 글자들, 일제히 깨
어나 슬금슬금 흰 종이를 기어 나가
보이지 않는 곳으로 숨어버리고,
어딘가
높은 데서 쳐다보면 사람도 벌레처럼 보여서
모퉁이마다 시간이라는 약을 놓아서는 조금씩
우리를 먹이고 있는 것 같아

시인이 되면
잘 숨어 다닐 수 있을까 했다

모든 계절은 습관이 되고 모든 날들은 순서가 되
는 생활의 텅 빈 창고에서
똑, 똑, 똑, 낙숫물처럼 듣는 밤이 천장에 열어놓
은 검고 푸른 눈망울로부터

서재

우리는 매일 아름다움에 관한 책을 한 권씩 버리
기로 했다.*

더 버릴 게 없어지면,
떠나자고…….
지난밤에도 나란히 누워 이민을 꿈꾸었고 아침
엔 명왕성이 아직도 돌고 있다는 사실에 대해, 책장
밑에서 눅눅한 그림일기를 찾아낸 여름처럼 떠들어
댔다.

이민을 떠난다면…….

우리는 가장 먼 곳이 어디인지 궁금해서 책장으
로 달려갔고, 찾아낸 책은 어김없이 버려졌다. 그림
일기에는 해와 구름과 우산과 눈사람이 있는데,

지난 날씨는 얼마나 먼 곳까지 가버렸을까?

가장 먼 곳은 해와 구름과 우산과 눈사람이,
버려지는 곳.

아주 커다란 서재가 있는 집을 구하고 싶어.

차라리 서재 속에 집을 짓는 사람이 되자고…….
어디에 있는지 몰라 온종일 책 한 권을 찾기 위
해 밥을 먹고 잠을 자고,
일어나 다시 서재의 가장 먼 곳까지 걸어가

매일 책 대신 꿈을 버리고 돌아오는 이민자,

이곳에서 버려졌던 책들만 꽂혀 있는 책장에

해와 구름과 우산과 눈사람을 하나씩 걸며, 서재
가 그대로 일기가 되는 그림을 그리느라
　하루치의 우리를 모두 써버리고 싶은데…….

　저 밑에서부터 눅눅해지는 여름이 오고
　밤에 깨는 날이 잦아지면,

　어느 아침엔 다시 기쁨에 관한 책을 한 권씩 버
리기로 마음먹겠지.

　매일 날씨는 얼마나 먼 곳에서 오는 것일까?

　슬픔에 관한 책을 버릴 날은 오지 않겠지.
　꼭 꿈이 아니더라도,
　명왕성이 아직도 돌고 있다는 사실은 슬프다고

말할 수 있지 않을까?

  우리는 명왕성에 관한 책을 찾기 시작했다. 마치 그것을 찾으면 버릴 수 있을 것이라는 듯이…….

* 이 구절은 신철규의 「식탁의 기도」에서 가져왔다. 이 시는 신철규 시
  에 대한 긴 각주이자 짧은 답변이다.

살아짐 사라짐

물속에는 뭐가 있나? 물속에는 물이 있고,
물속에서

해는 잉어처럼 밝네. 눈부셔 일어나면 하얗게,
바람이 밀어 가는 호수. 풀밭 위의 침대.

잉어의 붉은빛이 잉어의 이글거림 속에 빠져

헤엄친다

어느 날, 내 몸에 빠진 발을 빼내지 못해 허우적
대는 꿈을 꾸었다. 허우적대며, 자기 몸에 빠져 죽
는 사람의 시간에 대해 생각했다. 자기 몸에 빠져
죽은 사람의 시체에 대해 생각했다. 불꽃 위의 연기
처럼

인공호수에 떠오르는 잠.

섬 주변을 빙빙 도는 파도처럼 호수 바깥을 빙빙
도는 사람들. 자전거를 타고 한 바퀴를 돌 때의 아
이와 두 바퀴를 돌 때의 아이와 세 바퀴를 돌 때의
아이를 쳐다보면서, 우리는 호수의 경제적 가치에
대해 이야기한다.
갑자기 전문가가 된 너는
이곳 집값이 안 오르는 이유는 부동산 정책 탓이
아니라 시장에서 볼 때 매력적이지 않기 때문이라고.
시장에서 볼 때 매력적이지 않다면 그건 또한 시
니까, 이곳이야말로 시인의 도시인 거네.
나는 웃고,
호주 갔다 돌아왔을 때 우리은행 다니는 수란 누

나, 대출 방법 알려주며

　살다 보니 살아지더라.

　호수의 둘레는 끝이 없어서 호수를 도는 일도 끝이 없는데, 이 도시에 살고 싶어, 그런 말을 하고 나면 쓸쓸해질 것이다. 발목 양말은 왜 자꾸 돌아갈까, 걸으면 걸을수록…… 그리고 문득 깨닫게 된다. 한 바퀴를 돌 때의 아이와 두 바퀴를 돌 때의 아이와 세 바퀴를 돌 때의 아이가 다르다는 것을.

축하의 예외

어떤 사람에게는 사랑도 죄가 된다 그래서 너를 길
너머에 두고 걸었다 네가 길 너머로 사라진 후에도

걸었다 걸을 때마다 어둠과 눈이 마주쳤다 큰 호
수가 있는 도시에 사는 완재 형과 지미는
둘째 딸을 낳았다고 했다 모든 딸들은 사랑하기
위해 자랄 테지만 나는 모든 딸들의 예외

산후조리원 가는 길
도무지 비껴가지 않는 것들이 있다 강물이 바닥
을 지나치지 않는 것처럼

죄는 짓는 것이 아니라 만나는 것

그 무렵 가장 무서운 것은 저녁이었다 강물 속으

로 뛰어들고서도 타고 있는 태양을 보면
　　가장 먼 곳으로부터 가장 아프게 날아오고 가장
가는 것이 가장 깊숙이 파고드는 채찍질

　　그러고 보니 졸업하고 든 그루터기
　　전화 한 통에 태성이 형
　　시흥까지 와주었던 그날도 부모가 되는 일에 대
해 늦도록 이야기했지만
　　취하면 울던 선영도 말리던 형배 병현 영환 은영
도 따라 울던 현주도
　　권수 천일 막내 여경 영록까지 다 부모가 되었는데

　　어떻게 지내고 있을까 미형은

　　어떤 사랑은 나의 죄목이어서

어둠이 풀어놓는 미역 줄기를 한 소쿠리 펼쳐 받
는 산
　차창에 담가 손을 젓는다
　맑은국을 들이켜듯 강이 저물 때 먼 도시에서 전
화가 걸려온다 너에게
　사랑하는 딸이 태어났다는 소식은 나에게 새로
운 죄가 생겨났다는 소식

　도무지 후회할 것이 없다
　증인으로 자라는 딸들 앞에서 내 생은 현장검증
하듯 지나갈 것이므로

이곳에 와서 알게 된 것

오클랜드 해변에서
파란 눈의 아이가 나를 올려다보았다, 모래의 몸
에서 솟아오른 민달팽이 눈처럼
건드리면,
모래 속으로 숨어들 것처럼

이곳에 와서 알게 된 것은
우리가 딛던 바닥,
그 아래로도 하늘이 펼쳐져 있었다는 사실

우리가 서로 발바닥을 맞대고
있었다는 사실, 때로는
엉덩이끼리

민달팽이가 오클랜드 해변에 매달려 있었다, 하

안 몸에서 솟아난 수많은 눈들을
　아득한 천정, 찔린 듯 파란
　바다를 향해 늘어뜨리며

　이곳에 와서 알게 된 것은
　안녕,
　서쪽 바닷가 민달팽이 물빛으로 떠오르는 비행
기를 향해
　낮아지는 도시의 지붕들을 내려다볼 너를 향해
　잘 지내,
　파도처럼 손을 흔들던 하늘

　그 높이가 사실은 바닥없는 낭떠러지였다는 것

　집을 버렸다, 그것이 어느새 파란 눈의 아이가

나를 올려다보는 이유이거나
　반짝이는 모래 위에
　남십자성, 한 번도 본 적 없는 별자리가 쓸리는
이유이거나
　너를 잊은 이유

　민달팽이는
　엎드린 것인지 매달린 것인지
　물을 떠나온 것인지 뭍을 떠나온 것인지

　집을 버리고, 더는 숨을 바닥이 없는 몸

　오클랜드 해변에서
　민달팽이가 길게 나를 휘감고 있었다, 여기까지
날아와 기필코 나를 찾아내는

불안처럼

이곳에 와서 알게 된 사실은
아무리 밟아도,
파란 눈의 불안은 죽지 않고 내 몸의 해변을 기
어 다닌다
는 것

아주 먼 곳

차가운 바닷물에 던져진 미끼처럼 나는 캄캄한
방 안에 담겨 있습니다 어둠이 불어옵니다 죽음을
낚기 위해 삶이 필요합니까 물속에서 소리치면 물
을 마실 수밖에 없는 것처럼 보고 싶다고 말하면 익
사하는 목소리

어둠 속으로 파고드는 집어등

심장이 보이고

그때 우리는 죽지 않았을까요 불러보면 모두 차
돌 같은 이름들 물속에 던져놓고

사랑한다는 말끝에서 반짝이는 미늘들

꽉 깨물 때

이 방은 어둠이 힘껏 불어놓은 고요 터짐으로써
만 심장은 몸을 나와 파도가 됩니다 낙엽입니까 한
장으로 떨어지는 바다 죽음이 죽음을 나와 허기가
되는 가을입니다 저 물결들 바닥에서 다시 어디로

떨어져야 합니까

　태양이 초인종 소리처럼 떠서 바다를 두드릴 때

　얼굴은 슬픔을 좋아합니다 슬픔은 눈물을 좋아
합니다 얼굴을 감싸 쥐고 있습니다
　끝없이 눈앞이 나타나고 눈앞에서 사라지고 마
침내 너를 부르는 목소리가 긴 밧줄처럼 풀려나가
고 몸은 그 끝에 묶여 아득한 절벽 아래

　그러나 더는 부를 이름을 찾지 못하는 두 손이
　얼굴을 감싸 쥐면

　두 손 속으로 사라지는 얼굴로 비가 오고 물이
불고 물은 목마름을 좋아합니다 목이 타는 해변에
서 멍하니 바다를 바라보는 사람이 파도 속에서 자

신의 얼굴을 찾아내듯이

　눈물 속으로 눈물 속으로 천천히 걸어가면 아주
먼 곳이라는 곳이 정말 있을 것 같습니다

종점

정류장에 앉아 손바닥을 펴본다

체하고 누웠던 날,
할머니가 따준 손끝에 맺히던
검은 피

어깨부터 치며 쓸어내리던 손바닥,
걸어온 정류장

무엇이어도 기쁜 학생들의 웃음과

무엇이어도 슬픈 학생들의 침묵이
있다

손은 막다른 곳까지 왔다가

피가 돌아간 자리, 손 밖으로 손가락이 저녁처럼
갈라져 있다 겨우 내밀었다가
쉽게 구부러지는 마디,

웃음도 침묵도 모두 무엇이 되는 학생이 있다
학생이 되는 무엇이 있다,
맺힌 것처럼

두드릴 땐 손가락을 감춰야 한다 망설이지 않은
것처럼 아프지 않은 것처럼
쾅쾅, 손가락을 대신해 구부러져 있는
가로등

아무것도 움켜쥐지 않는 불빛
환하게 펼쳐진 손바닥처럼,

손 흔들기 좋은 창문을 달고
버스는 곧 도착할 것이다 멈출 것이다 멈춘 채,
앞의 차 한 대를 먼저 보내고
또 한 대를 보내고

사라진 학생들을 한 명 한 명 다 꼽은 뒤, 텅 빈
정면을 향해 출발할 것이다
돌아갈 것이다, 돌아간다는 것은

도착하지 않은 곳으로 출발하는 일이라고 두드
리지 않은 것처럼
열리지 않는 문을 남겨두는 일이라고,
손바닥을 펴보며

정류장에 앉아 있다,
체한 것처럼

언젠가 늙어버린 당신이 와 툭툭 찬바람을 쓸어
내리며 밤의 정수리를 따주고 나면,
웃음과 침묵이 검게 맺히고 나면

나는 학생처럼 버스를 탈 것이다

발은 피가 돌아간 자리, 떠나기 위해 발가락은
온 힘으로 발바닥이 된다

허락 없이 놀러 와서

창문마다 검은 물고기가 서 있다 까만 비닐봉지에서 쏟아져 나온 비늘 잃은 활어들, 저녁은 꿰맬 수가 없다 귀 터진 넓이로 무엇도 이룰 수 없는 시간이 돌팔매처럼 날아왔다 알약처럼 나이를 먹고 아픔 어디 있니? 술을 마시면 술이 밥을 삼키면 밥이 묻는다 세월은 제가 손님인 줄도 모르고 허락 없이 놀러 와서 돌아가지 않는다 더는 견딜 수 없다 싶을 때 여전히 살아 눈 뜨는 아침, 모자를 씌워줄게 나를 비웃어줄래? 신발을 신겨줄게 나를 짓밟아 줄래? 무엇을 먹이면 돌아갈까 피로 쑨 죽 한 그릇 모근 삶은 국 한 사발 눈알로 잘근잘근 씹히는 밥을 삼키고 술을 마시고 나이를 먹는다 내가 세월의 손님인 줄도 모르고 제가 잃은 별빛 비늘에 가시 찔려 파닥이는 검은 물고기가 서 있다 문득 죽은 친구의 옷을 입고 웃는다 문득 잠든 애인의 옷을 입고 달려

온다 문득,

　선정이가 죽은 뒤에도 같은 시간에 출발하던
　선정이가 타던 버스처럼

　방으로 달빛이 쏟아진다 따뜻한 혓바닥 위에서
조금씩 녹고 있는 알사탕처럼,
　어둠의 반죽 속에서 으깨지는 모든 별자리들

　자전거를 타고 김천리
　뒷골목 네 자취방 찾아가면 너는 없고
　연탄불 아랫목 이불 위에 그대로 한참을 누웠다
가 휴지 한 칸 뜯어 민범아 왔다 간다,
　써놓고 나오던 밤
　죽전길 창문에 대고 종길아, 부르던

밤 아니면 안개가
　자욱한 부력으로 우리를 띄워놓던 가지리 초등
학교 그네의 밤으로부터

　끝없이 헤엄쳐 오는 어둠의 물갈퀴 앞에서

　나는 마냥 불을 켰다 끈다

빨간 날의 학교

구름은 구겨진 종소리처럼 흩어져 있다 쓰다가,
북북 찢어버린 편지처럼

종소리에 소인을 찍어 멀리, 보내고 싶었으나
태양은 구름 밖으로 굴러떨어졌다

지붕 아래는 텅 비었다, 그것은 빈 상자이거나
기껏 예배당에 가로놓인 의자 같은 것
가끔 동생들이 인형처럼 앉아 있었다

자주 사도신경의 마지막 구절을 틀렸다 그때마
다 잘못 떨어진 태양이 나무와 꽃 위에 걸려 있었다

한결같이 서 있는 나무들의 체육 시간 혹은 화단
마다 붉게 달린 꽃들의 명찰에 대하여,

손바닥에 빼곡히 답을 적어놓았지만

이파리는 늘 잎맥 속에 갇혀 있고 나무는 걷느라
해와 달을 조금씩 옮겨 가게 만든다,

밤을 지나면 낮,

꽃

잎들은 걷느라 아이들을 조금씩 사라지게 만든
다 붉은 신발을 신고 허공을 내달리는 마음으로

낮을 지나면 밤,

민철이와

마음의 알 수 없는 말들을 적어 교회 뒷동산 참
나무 아래 파묻은 것은 영원이었지 어느 날

영수의 편지를 읽고 걸었던 저녁처럼 도무지 저

물지 않는 밤도 있어서,

　우리는 어둠의 뻥 뚫린 구멍 혹은 물과 함께 얼
어버린 물고기처럼

　남아 있고

　태양은 첫 번째 꽃과 두 번째 나무 사이에 놓여
있다, 바람 빠진 축구공처럼

　툭툭 바람이 건드릴 때마다 지나가는 얼굴들, 함
께 자란 종현과

　평택 지날 때마다 생각나는 인환과 정 많은 태원
이,

　어느 날 전화해 잘 사나, 고맙게 묻는 용호와 여
전한 종규 현규 영철까지 가끔 명절에 반갑게 만나
그대로다 아니다 인사하고 나면

점점 할 말이 없어지고

미자는 많이 아팠을까, 마지막엔 거창 가 있었다
고 미경에게 들었던 것 같은데
　우리는 무엇을 잘못한 것일까,

　비어 있는 네 자취방 들어가 잠들었다 네가 깨워
일어난 아침 멀리까지 내 뒷모습 지켜보던 너를 또
돌아보던 나를 잠시 다녀갔던 슬픔도 끝나고

　죄를 사하여주신 것과 몸이 다시 사신 것과 영원
히 사는 것은,
　죄를 앞질러 형벌을 사는 것

　없어도 좋을 기적이 너무 자주 일어난다 믿으면,

쑥쑥 자라는 십자가들

  저녁은 종탑에 올라 한 장 한 장 구름을 찢어 불
사른다 종소리가,
  검은 재가 되어 떨어진다

근육

새벽은 피를 닦은 헝겊처럼 그러나 점점 더 넓게
배어나는,
검은 딱지를 뗀 세계.

콘크리트 더미 옆에 못 박힌 각목 더미, 아래에
눌러놓은 시멘트 자루, 이전의 꿈과
이후의 꿈이 만나는 곳은
모두 공사장이지.

건너가는 곳, 꿈꾸는 곳이었다가 꿈이 되는 곳.
불꽃이 지펴놓은 마음의 환영들처럼
꿈이 시체의 삶이면 어쩌겠습니까.

인부들은 밤새 자란 자신의 팔다리를 꺾어 불 속
에 던집니다. 딱딱합니다,

침묵이 살해되는 소리는.
어둠이 죽어가는 빛깔로

달이 꺼져가고 있을 때

자신이 지은 집에서는 잘 수 없습니다, 동그랗게
둘러서서. 자신이 잊은 꿈에서는 깰 수 없습니다,
손바닥을 펼쳐놓고.
이전의 삶과 이후의 삶을
부드러운
재로 남기며

시는 그렇지.

꿈꾸었던 곳, 건너왔으나 건너갈 수 없는 곳. 연

기가 그려놓은 생각의 형상들처럼
  삶이 시체의 꿈이면 어쩌겠습니까.

  조금씩 사라지는 달 속으로 뼈마디를 분질러 던
집니다. 캄캄합니다.
  몸속에 숨어 있는 허공은.
  불 속에 식고 있는 꿈처럼

  얼굴이 밝아오고 있습니다.

  저녁은 피가 굳은 딱지처럼 그러나 점점 더 크게
덧나는.
  흉터의 붉은 도시에서

  나는 이제 무엇이든 들어 올릴 수 있을 것 같다.

콘크리트 튼튼한 두 팔로

　내가 없었던 세계까지 받칠 것 같다,

　내가 없었던 시간까지.

PIN

018

하나의 산과 인공호수 그리고 거창

신용목

에세이

하나의 산과 인공호수
그리고 거창

#

나는 키 큰 참나무들이 빽빽하게 서 있는 독일 북서부 한 오래된 숲에 서 있었다. 밤새 나무들이 뛰어다닌 발자국처럼 낙엽이 어지럽게 깔려 있었고, 어디쯤에서 허공의 계단을 하나씩 밟으며 노란 잎들이 한 움큼씩 떨어지고 있었다. 검은 옷을 입은 사람들이 들어왔다가 꽃과 함께 한 사람을 남겨놓고 나오는 숲이었다. 나무가 사람의 이름을 가져가는 숲. 나는 마을에서 날아온 종소리가 바람과 몸

바꾸는 순간을 아름답게 지켜보았다. 종소리의 모국어가 종 속에 있고, 새소리의 모국어가 새 속에 있다는 사실이 아름다웠다. 이 숲을 그리워할 것 같았다. 모국어로 그리워할 것 같았다. 모국어가 없었다면 그리움이란 말도 없었을 것이다. 그리워서 떨어지는 잎도 없었을 것이다.

비행기를 타고 또 차를 갈아타고 당도한 곳에서부터 차를 타고 또 비행기를 갈아타고 돌아오며 생각했다. 어느 역사 속에서는 시인이 어디에 있는지도 하나의 사건이 될 수 있다. 그러나 지금, 시인이 사는 곳에서는 어떠한 역사도 존재하지 않는다. 태아의 꿈처럼, 아직 듣지 못하고 보지 못했던 자의 잠 속을 가득 메운 이미지들이 영원한 밤으로 남아 있을 뿐이다. 태아의 꿈처럼, 듣기 이전의 소리와 말하기 이전의 마음을 간직한 모국어만이 자신을 다녀간 알 수 없는 일들을 알 수 없는 채로 말하게 한다.

그래서 시작하기로 했다. 해지고 버려져 더는 유효하지 않은 이야기. 그러나 유효하지 않다면 그것

은 시의 일. 해지고 버려진 것이라면 그것은 시의
말. 우리는 밤을 향해 한 발짝도 내딛지 못한다. 밤
이 미지가 아니라면 우리에게 미지는 없다. 그래서
물어보기로 했다. 선배들의 그것처럼 왜 우리의 이
야기는 자랑이 되지 못하는 걸까. 나는 왜 무효하다
말하며 서둘러 그 일들을 부정해온 것일까. 이런 질
문이 시작되자 그곳의 나에게 그 시절의 우리에게
미안해졌다. 그 마음 때문일 것이다. 어떤 미지가
기원의 어두운 밤과 닿아 있는 이유는.

#

나는 '하나의 산과 인공호수'가 있는 도시에 산
다. 25년 전 생겨난 이 도시는 아파트 숲 한쪽에 포
클레인이 파놓은 큰 호수가 있다. 하나의 산이 태
곳적 노을을 추억처럼 간직하고 있는 곳. 나는 가
끔 공룡의 사체를 연료로 쓰는 쇳덩이를 타고 친구
를 만나러 간다. 공룡의 영혼이 우리를 만나게 한

다. 우리가 과거를 지우며 살아간다는 사실을 이보다 분명하게 설명할 방법은 없다. 그러나 우리의 과정이 과거를 지우기만 하는 것은 아니다. 과거를 지우고 있다는 명백함을 통해 끝없이 과거를 상기시키기 때문이다. '하나의 산과 인공호수'는 여러 산과 자연의 강과 바람의 오랜 이야기를 떠오르게 만든다. 나에게 '하나의 산과 인공호수'는 '그 모든 것들이 없는'이란 말과 같으며, 그래서 '그리움으로 가득 찬 곳'으로 느껴진다. 이 도시가 지워버린 것들이 밤으로 찾아온다. 우리는 몸 안에 빨간 등불을 켠 채 잠든다. 눈앞에서 지워버림으로써 마음속에 떠오르게 만드는 것. 그것은 또한 사랑의 방법이기도 해서 사랑은 오직 부재를 존재케 하는 순간일지도 모른다. 나는 하나의 산과 인공호수가 있는 도시에서 그 부재의 목록을 쓴다.

\#

_우리들의 사랑방, '다살림'이 없다.

〈청년통일문학상〉을 받은 시인이자 우리에게 큰 형님으로 통하던 경재 형이 졸업 후 차렸던 전통찻집이다. 그곳엔 지역에서 시민운동을 하는 분들이 늘 득실거렸고 경재 형과 더불어 학도, 붕규, 효유, 상우 형과 경남, 수정, 귀숙 누나가 만든 문화 답사 모임 '예벗'의 아지트이기도 했다. 대학에 떨어졌을 때 경재 형으로부터 재수 대신 가까운 후기대에 다니면서 함께 문학 공부를 하자는 말을 들은 것도 '예벗'의 해남 땅끝마을 답사에서였다. 그 말대로 나는 신입생 때 '다살림'을 오가며 매주 시집 다섯 권과 소설책 한 권 인문서 한 권씩을 읽어야 했는데, 지금까지 그 밑천으로 살아간다는 생각을 종종 한다. '예벗'은 여전히 정상, 훈범, 임숙, 우석, 해정, 원준, 덕희 등 많은 분들이 잘 꾸려가고 있다. 이곳 옥상에 가건물을 세워 '책사랑'이라는 공유도서관을 열었는데, 문학을 좋아하는 시민과 학생들이 모이는 사랑방 역할을 했다. 나중에 '다살림'이 없어지자 한 해 후배인 태섭은 근처에 '다살림 2'라는 찻집을 열기도 했다. 제대하고 나는 6개월가량 '다살림'에 머물며 경재 형과 함께 시를 썼고 한겨레신문을 날랐다. 그때에도 현숙, 태문, 현실, 은정 등 많은 후배들이 들락거렸고 신문 배달용 스쿠터는 가끔 창순의 등교용으로도 운용되었다. 밤 열한시에 찻집 문을 닫으면 술판을 벌였다. 특히 현주는 많이 토해 애를 먹였지만 갑자기 바다가 보고 싶어 현주의 용돈을 털어 떠났던 일이 있어 딱히 할 말은 없다.

　_내 10대의 전부였던 '거창지역고등학생동아리연합회'가 없다.

　자신의 현실은 자신이 바꿔야 된다고 생각했다. 참교육 주체 역시 학생이어야 한다며 각자의 학교에서 동아리를 만들어 그 생각을 실천하자고 했다. 소수의 주동자이자 배후 세력은 한 해 위였던 현성, 강식, 동학, 남정, 수란, 유신 등이었으나 실제로 동아리를 꾸린 이들은 한 해 밑인 훈범, 영훈, 승진,

하룡, 정미, 숙정, 선희 외 지금은 이름도 가물가물한 내 또래들이었다. 학교는 달랐지만 생각은 같았고 마음이 맞았다. 우리 학교로 보자면, 강식 형의 도움 아래 나와 하룡은 문학 동아리 '이어도는 멀다'를 만들었고 광선, 현주, 창근, 지흥, 신훈 등등을 이어서 지금까지도 좋은 후배들이 꾸려가고 있다. 훈범, 영훈, 승진은 역사 연구 동아리 '다리우리'를 만들었고 이후 재용, 정복, 성호, 종락 등이 거쳐갔다. 성호 등과 함께 풍물패도 만들었다. 이들 중 몇몇은 '하늘못'이라는 비밀 동아리에서 따로 활동하기도 했다. 알았던 것과 새로 알게 된 것들이 부딪치며 혼란스러운 날들이었다. 불쑥 지리산에 오르기도 하고 농민회 형네 집에 가서 밤을 새기도 했다. 주로는 현성 형 자취방에서 책과 유인물을 읽고 이야기를 나누고 막걸리를 마시고, 가끔 울었다. 다음 날 아침, 그 어지러운 자취방을 다 치우고 우리를 깨워 학교에 보낸 이는 현성 형 동생 미옥이었다. 미옥에게 감사패를 줘야 한다는 말은 진담에 가까웠다. 하루는 현성 형이 밥을 차려주겠다더니

면은 없고 달랑 남은 라면 스프만 냄비에 끓여 밥을
말아주었다.

_전국교직원노조 거창지회의 주말이 없다.

우리는 주로 전국교직원노조 거창지회 사무실을
빌려 썼다. 해직 교사면서 학생들과의 연대 활동을
담당하셨던 배은미 선생님이 때로는 상담사처럼 때
로는 학부모처럼 그리고 친근한 담임선생님처럼 우
리를 맞아주셨다. 기념해야 할 날마다 자체적으로
행사를 꾸렸으며, 방학을 이용해 '자주학교'를 열
어 우리끼리 역사와 사회와 생활에 대한 공부를 했
다. 말하자면 우리는 고등학교를 두 군데 다닌 셈인
데, 주말이면 특별한 일이 없는데도 자연스레 거기
모여 책을 읽고 영화를 보고 노래를 불렀다. 남정과
수란 누나가 살뜰하게 후배들의 일상과 고민을 챙
겨주었는데, 미련해서였는지 듬직해서였는지 나를
'곰'이라고 불렀다. 거창터미널 가는 길에 있던 농
민회 사무실에는 갓 대학을 졸업한 간사 누나가 상
주해 있었다. 누나로부터 성 평등과 인권 등에 대해
많이 배웠는데, '자기결정권'이란 말을 처음 들었던

때도 그즈음이었다. 거창문학회에 쫓아다니며 귀동 냥도 많이 했다. 당시에는 임길택, 김태수, 백신종, 오인태, 신승렬, 염민기 시인 등이 계셨고, 지금까 지 김병준, 정연탁, 신승희, 박혜숙 선생님 등이 지 키고 계신다.

_풍물패 친구들의 아지트 '우리문화연구회'에서 먹던 짜장면이 없다.

큰 행사는 주로 주향, 기현, 용현 형과 영철, 소 형, 인회, 현영, 미선, 임숙 등이 지켰던 '우리문화 연구회'와 함께 치렀다. 동아리에 들지 않은 학생들 도 이곳에서 사물놀이뿐 아니라 민요와 민속놀이를 배웠다. 방음 시설을 잘 갖춘 불 꺼진 연습실에 가 만히 누워 있으면 내 귓속에서만 사는 벌레 울음소 리를 들을 수 있었다. 거기 모여 먹던 짜장면 맛도 최고였지만 그들의 솜씨와 활동력은 어디에 내놔도 빠지지 않았다. 남덕유산 기슭에 폐허처럼 버려졌 던 '모리재'를 새로 단장해 풍물 연수나 동아리 모 임을 할 수 있게 만든 것도 '우리문화연구회' 식구 들이었다. 당시만 해도 잘 알려지지 않았던 5월 광주에도 꼬박꼬박 참가했는데, 나도 '우리문화연구회' 참가단을 따라 처음 광주에 갔다. 버스 검문이 있으면 광주에 사는 고모를 만나러 간다고 거짓말을 해야 했다. '우리문화연구회'를 꾸리셨던 한대수 선생님은 본가가 시장통에서 큰 식당을 해 우리가 가면 밥과 술을 내주셨다. 내게도 자주 맥주를 내주셨는데, 한번은 '우리문화연구회' 소속 한 학생이 왜 자신들에게는 막걸리를 내주고 용목에게는 맥주를 내주냐면서 불만을 터트린 적이 있다. 우리 수준에서 보자면 막걸리보다는 맥주가 좀 더 고급에 속했던 것이다. 선생님께서는 너희들은 온전히 내 사람이라는 생각이 들어서 편하게 막걸리를 준 것이고 용목이는 좀 거리가 느껴져 대접해야 할 것 같아 맥주를 준 것이라고 말씀하셨다.

_보충수업비를 삥땅 쳤던 여름이 없다.

하룡은 기숙사비를 가지고 기숙사에서 포커를 치곤 했다. 그의 포커 실력은 잘 모르지만, 그 시절 그의 시는 정말 훌륭했다. 자칭 지존이었으므로 그와 내가 함께 만든 문학 동아리 임시 이름을 '지존무

상'이라 칭한 적도 있다. 하룡과 나는 보충수업비를 빵땅 쳐 월포해수욕장으로 떴다. 짐을 싸 들고 가다가 우리 학교 선배이시기도 한 주영환 선생님에게 딱 걸렸다. 선생님으로 말할 것 같으면, 옆 학교와 패싸움이 붙은 다음 날 학생회 일을 하던 나와 학교에서 짱을 먹던 용호를 양호실로 조용히 불러 간밤 학생들의 행적을 보신 듯 읊으셨던, 탁월하게 학생 행동 구조를 꿰뚫고 계신 분이셨다. 단번에 일탈의 행색을 알아채고는 자신을 따라오라고 하셨다. 선생님 댁에서 가방을 탈탈 털게 만들더니, 잘 다녀오라며 코펠을 하나 더 챙겨주셨다. 하룡은 바닷가에서 밤새 정태춘의 「떠나가는 배」를 불렀다.

　_친구들이 가출했던 봄이 없다.

　제도 교육이 자기랑 맞지 않는다던 지영은 가출했다가 대개의 가출 청소년처럼 돈 떨어지자 돌아왔다. 자신의 어머니가 나를 좋아한다는 핑계로 한 달 만의 귀가에 동행해달라고 했다. 대문을 열고 들어갔을 때, 어머니는 평소처럼 밥 먹었냐 물으시며 우리를 부엌으로 이끌었다. 괜히 나까지 밥은 뜨지

도 못하고 훌쩍이며 울었다. 이후 지영은 아직 이
사하지 않은 자기네 빈집 2층에서 검정고시를 준비
했다. 위문한답시고 나는 막걸리 한 박스를 사 들고
갔다. 문제는 화장실이 1층에만 있다는 것. 나중엔
빈 병에다 해결했는데, 얼마가지 않아 방에 문제의
병들이 쭉 늘어섰다. 술이 오르자 지영은 볼일을 보
다 그만 중심을 잃었고, 병들을 건드리는 바람에 그
것들이 일제히 도미노를 일으키며 콸콸콸 내용물을
쏟기 시작했다. 상황의 위중함을 감당할 수 없었던
지영은 기절한 채 거기 머리를 적시며 누웠고, 나
역시 한쪽 벽을 치고 돌아 나오는 금빛 파도를 다
감당할 수 없어서 휴지를 풀어 방에 댐을 만들고 잤
다. 나중에 그는 검도 도장 관장이 되었다.

   _까닭없이 무서웠던 밤이 없다.

   승진은 꼬박꼬박 야간자습에 가는 모범생이었
다. 마시자고 졸라도 좀처럼 술자리에 끼지 않았
다. 평소 말수가 적어 처음 본 사람에겐 꼭 이 친구
도 말할 줄 안다는 언질을 주어야 오해가 없을 정도
이다. 나와 하룡과 함께 홍대 반지하에서 동거할 때

도 그랬지만, 여전히 셋이 모이면 말재간 좋은 하롱이 대화의 70퍼센트를 담당하고 내가 25퍼센트, 그리고 거의 대답하는 수준에서 5퍼센트 정도 승진이 담당한다. 하롱 없이 둘이 만나면 괜히 서먹하다. 나, 영수 그리고 승진은 축제 때 가요제에서 대상을 먹기도 했는데, 반전이지만 그건 순전히 승진의 목청 덕분이었다. 고등학교 3학년 때였다. 하루는 그가 먼저 술을 마시자고 했다. 다른 학교에 간 자신의 중학교 적 친구가 자살한 뒤였다. 한밤중에 그는 학교 뒤편 언덕 충혼탑으로 나를 이끌었다. 어느 나무 밑에 이르러 여기가 그 자리라고 침울하게 말했다. 그리고 한참을 그 자리에 앉아 있었다. 그날 제일 무서운 건 승진이었고 그 후 더는 그에게 술 마시자고 조르지 않았다.

_따뜻한 선생님들의 젊음이 없다.

거창대성고등학교에는 큰 몽둥이를 차고 다니시는 선생님들이 많았지만 불량 학생이었던 우리를 너그럽게 봐주셨던 선생님도 여럿 계셨다. 채영현 선생님은 녹슬다 못해 쇠가 닳았을 정도로 오래

된 자전거에 교사복을 입고 다니셨다. 판소리와 민요를 가르치실 때 유독 열의를 띠시는데, 그때 입가에 살짝 침이 맺혀 별명이 '채거품' 선생님이셨다. 고민이 많았던 나는 그래서 술도 많이 마셨는데, 내 옆자리에 있던 친구들이 술 냄새 난다며 책상을 들고 멀리 가곤 했다. 한번은 덩그러니 남은 자리에서 엎드려 잠까지 처자는 나를 선생님께서 일으켜 세우셨다. 하지만, 잠시 나에게 빙의되셨던 선생님은 청소년기의 고단함을 에둘러 말씀하시며 나 대신 세상을 한탄해주셨다. 당시에는 동아리 활동이 허락되지 않았는데도 기꺼이 문학 동아리에 마음을 주고 나중에는 담당을 맡아주시기도 했던 양홍선 선생님, 지금 생각하면 줄줄이 상사를 둔 막내 직장인이셨는데 그런 것과 무관하게 우리는 든든한 백으로 생각해 가끔 난처하게 만들었던 것 같다.

_민폐 여행의 미안한 아침이 없다.

우리는 뿔뿔이 흩어져 대학에 갔고 서로를 찾아 한 바퀴 돌면 전국 일주였다. 당시 나는 보고 싶으면 봐야 했고 가고 싶으면 가고 보는 병을 앓고 있었다. 한번은 대구에 가 영훈이 다니는 학교 과사무실에서 반나절을 기다렸다. 핸드폰도 삐삐도 없는 시절이었으나 학생회가 잘 운영되던 때였다. 영훈은 수업까지 째고 주류와 숙식을 제공해주었다. 다음 날 동거 중이던 친형의 옷가지를 뒤져서는 겨우 돌아갈 여비를 마련해주었다. 그 돈으로 다시 부산행 차표를 끊었다. 역시 학교 계단에서 몇 시간을 기다려 승진을 만났고 자갈치시장에 가 곰장어 안주에 잔뜩 취했다. 친구를 풍성히 대접하고 싶었던 승진은 그 자리에서 용돈을 다 탕진해버렸는데, 내가 돌아갈 차비가 없을 줄은 꿈에도 몰랐던 모양이다. 다음 날 아침 그는 본가에 전화를 넣은 뒤 은행 앞에 쪼그려 앉아 입금을 기다려야 했다. 그렇게 다시 진주행 차표를 샀고 한중 형을 만나 똑같이 하루를 묵었다. 돌아오는 길에는 노을이 아름답게 지고 있었다. 노을을 더 오래 붙잡고 싶은 마음에 나는 산으로 뛰어 올라갔다가 길을 잃고 밤새 산길을 헤매는 것으로 그 여행을 마쳤다. 민폐였으나 서로에게 조금은 너그러운 시절이었고 그들이 군대 있을 때에도 찾아다니며 면회를 했으니 딴에는 그게 우정의 방식이었다.

_거창을 가로지르는 '영호강'의 취기가 없다.

막 제대한 나와 마지막 방위로 국방의 의무를 다하던 훈범, 직장생활을 시작한 임숙이 자주 어울려 술을 마셨다. 물론 술값은 임숙의 차지였고 가끔 함께 어울렸던 현정이 거들었다. 늦은 밤, 나는 훈범, 임숙과 함께 맥주를 들고 강변에 앉아 있었다. 취기 때문이었는지 마음속 불길 때문이었는지 갑자기 임숙이 물로 뛰어들더니 중간쯤에서 쓰러지듯 넘어졌다. 무릎에도 못 미칠 깊이였지만 늦가을이었고 물은 얼음장 같았다. 왜 저러나, 취해서 멍하니 바라보는 나를 남겨둔 채 훈범이 벌떡 일어나 물을 헤치며 쫓아갔다. 말라도 너무 마른 훈범은 큰 키의 임숙을 안아 올리기는커녕, 연거푸 물속으로 꼬꾸라졌다. 제발 훈범 선에서 끝나길 바랐지만 허사였다. 나는 자포자기의 심정으로 옷을 적실 수밖에 없었다. 내가 임숙을 안아 올려 나올 때 훈범은 물을 뚝뚝 흘리며 뒤따라 나왔지만, 둘은 씩씩한 아이를 둘

씩이나 둔 부부가 되어 거창에 살고 있다. 그 후 훈범은 살이 많이 올랐다.

　_구형 코란도의 겨울이 없다.

　지리산, 덕유산, 가야산 중간에 위치한 거창은 1천 미터 넘는 산 열댓 개가 둘러싸고 있는 분지이다. 시내도 해발 2백 미터가 넘어 일교차가 컸고 덕분에 과일 농사가 잘되었다. 겨울 추위는 덤인데, 때문에 술 취해 기절한 붕규 형을 도저히 옮길 수 없었던 효우 형은 구형 코란도 차 뒤에 붕규 형을 눕혀놓고 밤새 히터를 켰다 껐다 반복해야 했다. 히터를 켜면 산소가 희박해져 죽을 것 같고 끄면 추워서 죽을 것 같았다. 둘은 유도를 함께 하고 불룩한 배에 몸이 산더미 같아 영락없는 조폭 상이다. 하지만 가재도구 없는 산막에서 갑자기 삶은 계란이 먹고 싶었던 효우 형은 꼭 한 개만 들어가는 쇠 컵에 달걀을 넣고 20분씩 끓여 한 시간 동안 세 개의 계란을 삶아 먹는 차분한 인내력의 소유자이다. 그때부터 나는 술만 마시면 필름이 끊겼다. 분명 남원에서 술을 마시는 중이었는데 문득 정신을 차려보니 거창의 한

병원이었다. 술에 취해서는 붕규 형이 넘어져 입원했다는 소식을 듣고 택시비도 없이 택시를 타고 거창까지 왔고, 도착해서는 평소 버릇대로 옷을 다 벗고 침대에 올라가 잠들었던 것이다. 내 뒤치다꺼리를 다 한 것은 물론 환자였다.

_아름다운 출판기념회의 노래가 없다.

실연이 찾아왔을 때 나는 용추계곡 폭포 아래 텐트를 치고 영영 돌아가지 않을 사람처럼 세월을 죽이고 있었다. 어느 저녁 경재, 학도, 붕규, 효우 형과 훈범, 현주가 면회를 왔다. 함께 술을 마시고 학도 형이 부르는 김추자 노래를 들었다. 그들이 떠날 채비를 하자 나도 모르게 짐을 싸고 있었고 결국 그들과 함께 돌아왔다. 첫 시집 나왔을 때는 공설 운동장 지나 있는 아담하고 아름다운 정자 심소정에서 책거리를 했는데, 붕규, 효우 형과 임숙, 훈범은 일찍 정자에 도착해 수육을 삶았다. 여름 저녁이 매미 소리 위에 어둠을 모자처럼 씌워주는 풍경 속으로 상우 형과 수정, 귀숙 누나 등 '예벗' 사람들이 하나둘 도착했다. 어두워지면 촛불을 켜 난간 바깥

으로 겨우 어둠을 밀어두고 시를 읽고 노래를 부르고 이야기를 나눴다.

_무엇보다도 그날의 내가 없다.

_봄날 아스팔트처럼 이글거리던 나의 첫사랑도 없다.

_그리고 그들이 없다. 박동학 형은 대구공전 재학 시절 학원자주화투쟁 중에 분신했고 자신의 생일이자 어버이날 숨졌다. 박붕규 형은 갓 돌 지난 종우를 남기고 일본 여행 중 급성 심근경색으로 수술했으나 회복하지 못했다.

나의 끝 거창

지은이 　신용목
펴낸이 　김영정

초판 1쇄 펴낸날 　2019년 3월 25일
초판 3쇄 펴낸날 　2023년 1월 6일

펴낸곳 　(주) 현대문학
등록번호 　제1-452호
주소 　06532 서울시 서초구 신반포로 321(잠원동, 미래엔)
전화 　02-2017-0280
팩스 　02-516-5433
홈페이지 　www.hdmh.co.kr

ISBN 978-89-7275-965-2 04810
　　　978-89-7275-959-1 (세트)

* 책값은 뒤표지에 있습니다.

현대문학 핀 시리즈 시인선